Duda Oliva

Ô abre alas

Inspirado na canção de
Chiquinha Gonzaga

Copyright © 2021 desta edição Saíra Editorial
Copyright © 2021 Duda Oliva

A canção "Ô abre alas", de Chiquinha Gonzaga, encontra-se em domínio público.

Gestão editorial	Fábia Alvim
Gestão comercial	Rochelle Mateika
Gestão administrativa	Felipe Augusto Neves Silva
Projeto gráfico	Duda Oliva
Editoração eletrônica	Matheus de Sá
Revisão	Samanta Luz

Dados Internacionais de Catalogação na Publicação (CIP) de acordo com ISBD

O48a   Oliva, Duda

       Ô abre alas / Duda Oliva ; ilustrado por Duda Oliva. - São Paulo, SP : Saíra Editorial, 2020.

       48 p. : il. ; 28cm x 19,5cm. – (Coleção Gramofone)

       ISBN: 978-65-86236-07-1

       1. Literatura infantil. I. Título.

2020-3128   CDD 028.5
                                                        CDU 82-93

Elaborado por Vagner Rodolfo da Silva - CRB-8/9410

Índice para catálogo sistemático:
1. Literatura infantil 028.5
2. Literatura infantil 82-93

Todos os direitos reservados à Saíra Editorial
Rua Doutor Samuel Porto, 396
04054-010 – Vila da Saúde, São Paulo, SP – Tel.: (11) 5594-0601
www.sairaeditorial.com.br
rochelle@sairaeditorial.com.br

Para raposas de todas as idades.

Era uma cidade cinza...
(como muitas outras)

era uma cidade que não
gostava de muita coisa...

tinha um muro bem alto
em volta para ninguém entrar...

nela nem gente pequena
nem gente grande podia cantar.

Nessa cidade, gente grande, que não gostava de muita coisa, mandava.
Então, gente pequena não podia nada:

ninguém podia tocar
nem uma música nem outra...

**claro que ninguém
podia dançar...**

e ninguém
podia um monte de coisas.

— Cordiais saudações e boníssima noite, senhoras e senhores!
Está começando, diretamente dos estúdios PRC-7 Guarani
da Rádio Clube Carioca, mais uma transmissão especial de "Bafafás de Carnaval".
Todos saúdem Francisca Edwiges Neves Gonzaga, a Chiquinha.

— Bela noite a todos e muito obrigada pelo convite.
É um prazer inenarrável estar de volta!

— O prazer é, indubitavelmente, nosso e de nossos queridos ouvintes! E agora,
sem maiores delongas, apresentaremos ao piano e ao vivo "Ô abre alas"!

Ô abre alas que eu quero passar!

Peço licença pra poder desabafar

A jardineira abandonou o meu jardim,

Só porque a rosa resolveu gostar de mim

A jardineira abandonou o meu jardim

Só porque a rosa resolveu gostar de mim...

28

Era uma cidade cinza
(como muitas outras)
que descobriu que gostava
de algumas coisas.

35

37

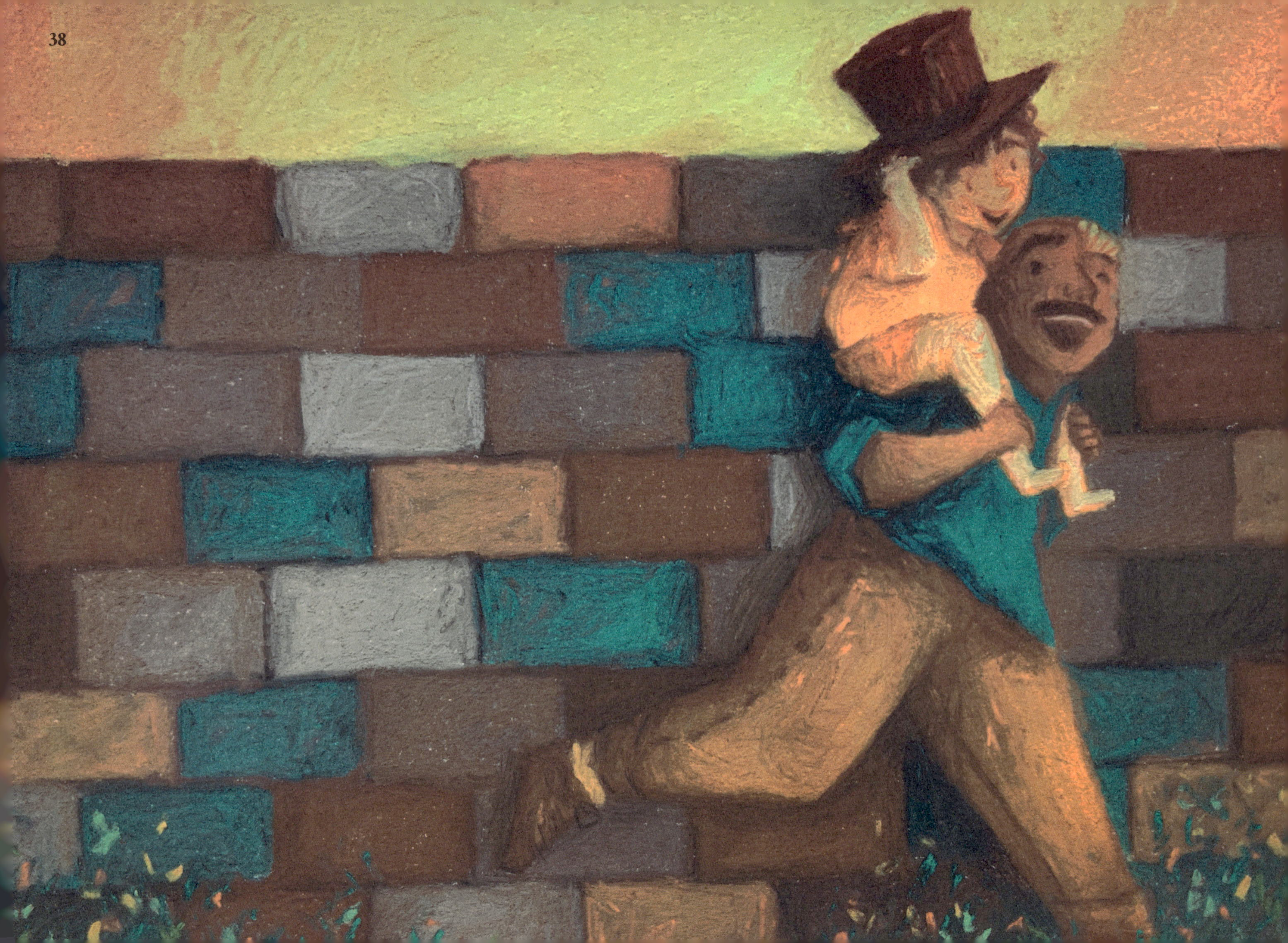

39

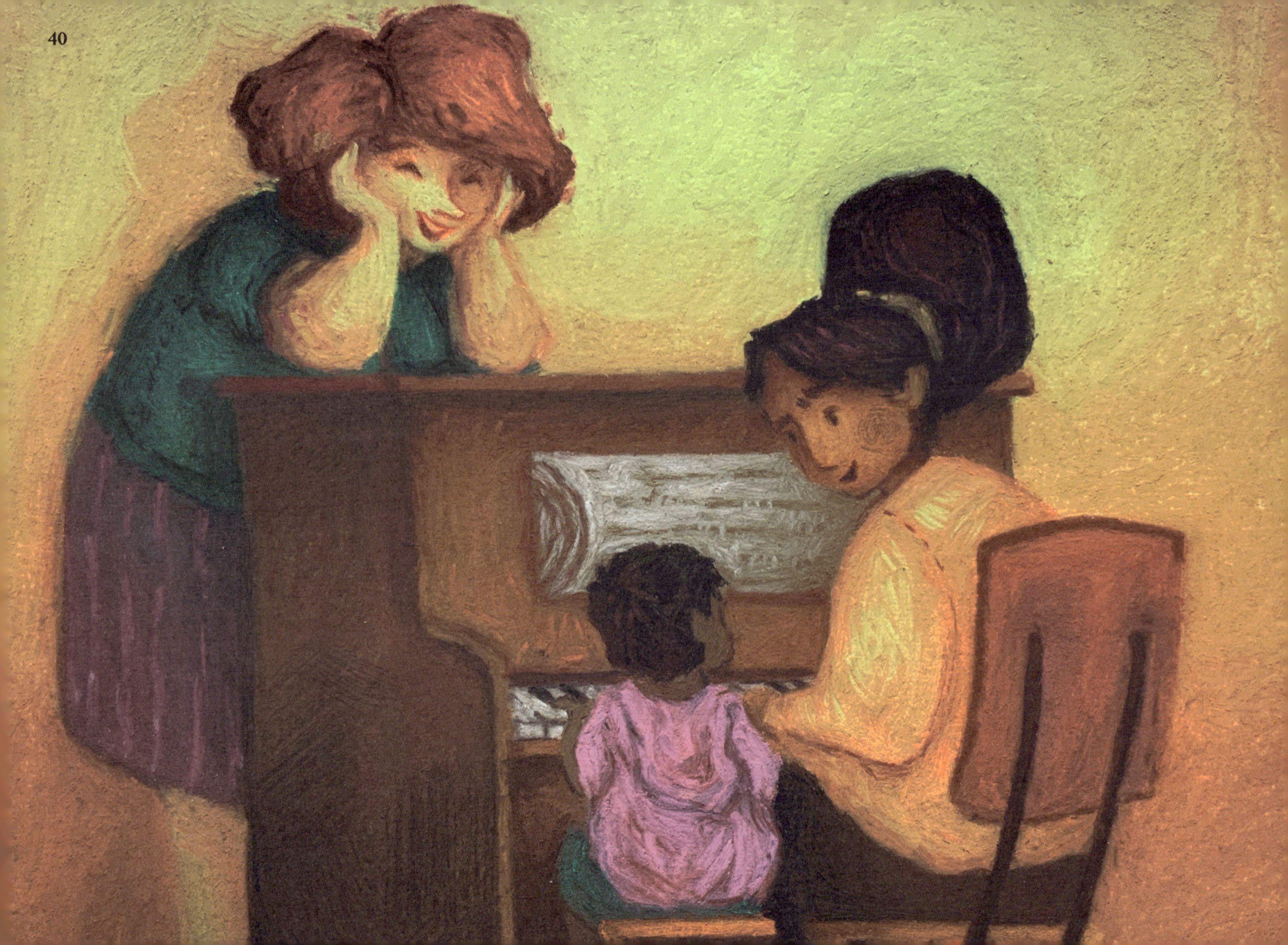

41

FIM

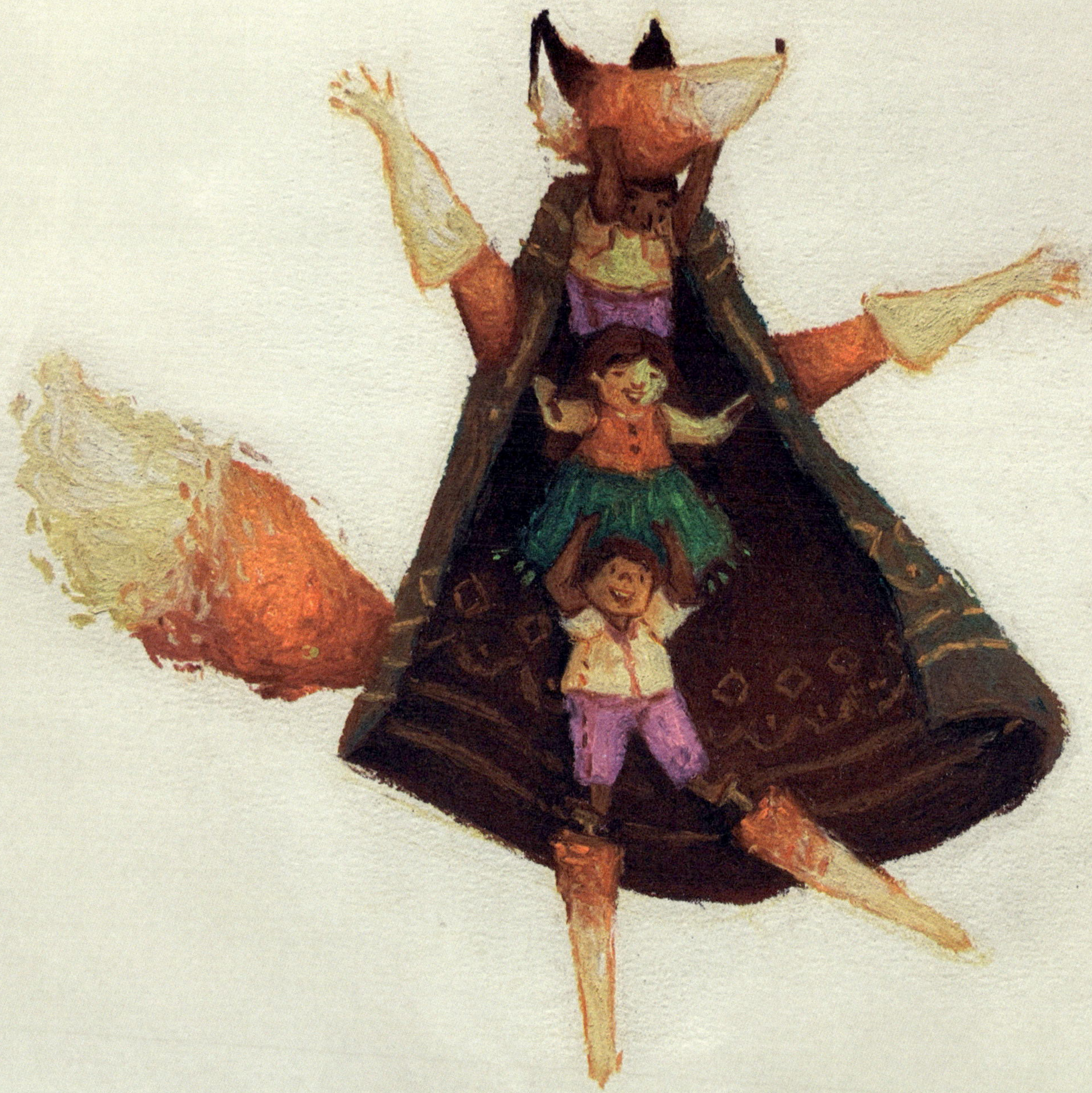

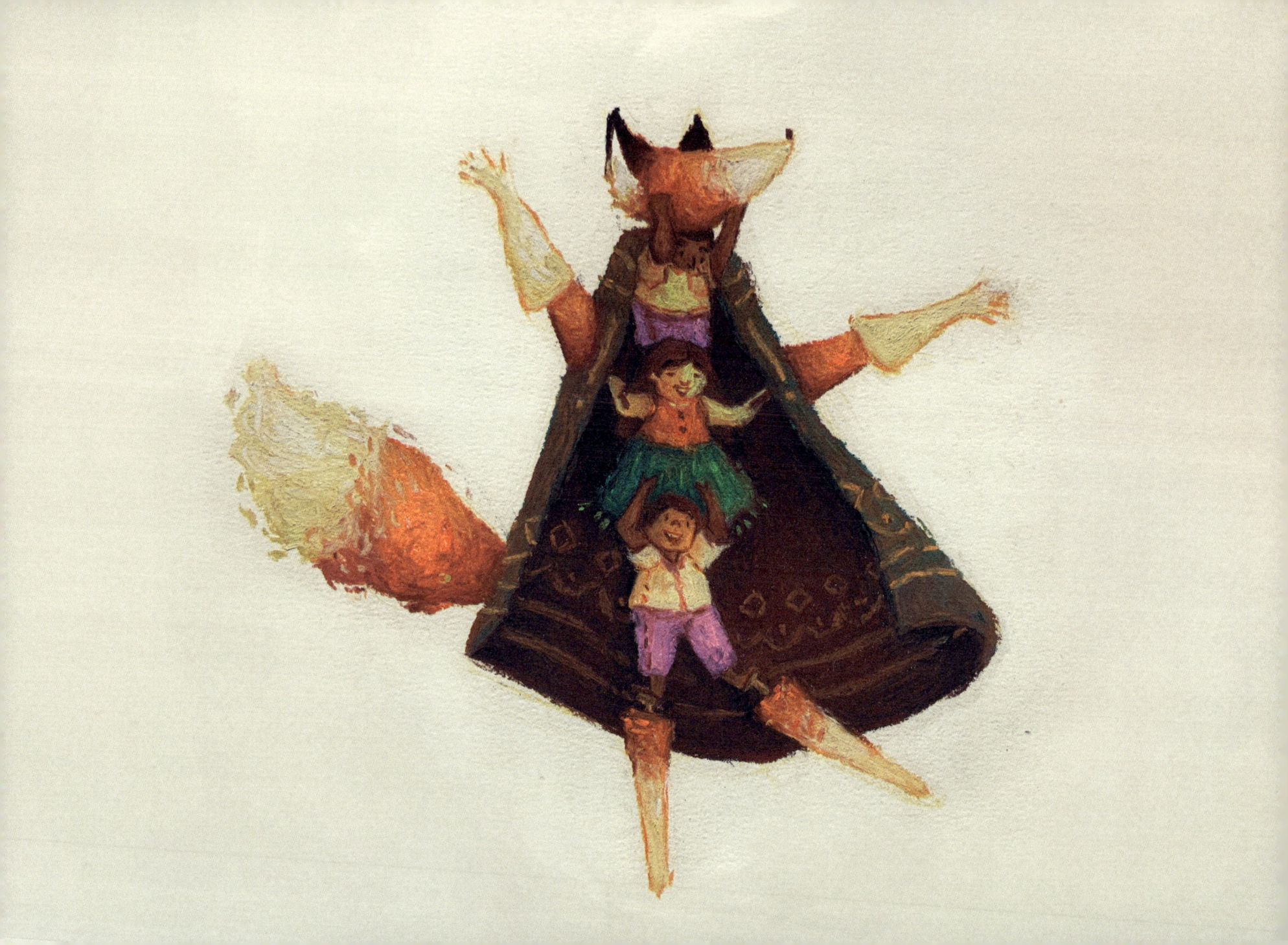

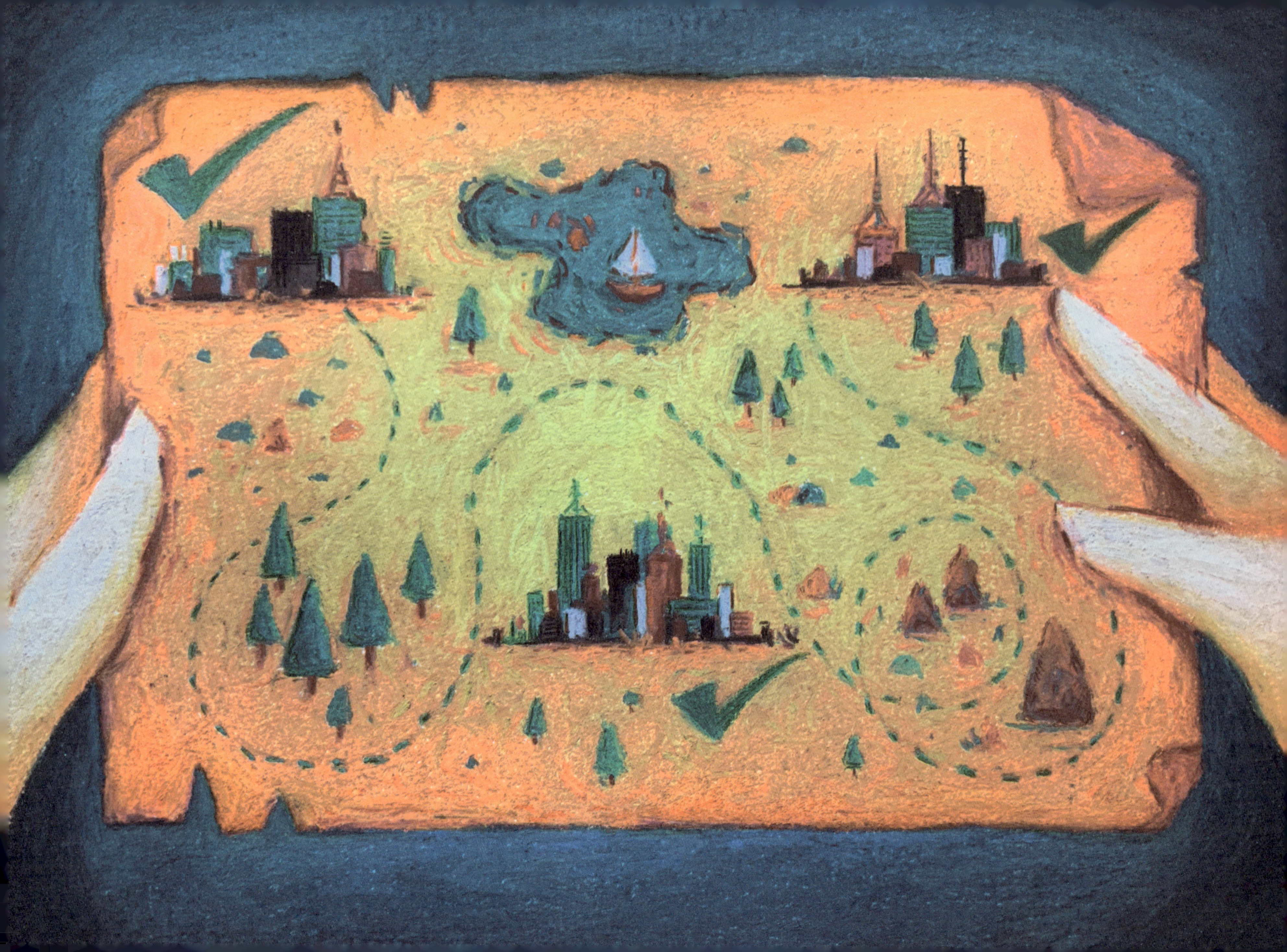

Quem foi Chiquinha Gonzaga?

Francisca Edwiges Neves Gonzaga nasceu no Rio de Janeiro em 1847 e depois foi apelidada de Chiquinha Gonzaga, mas poderia também ser "a pioneira" ou até "a corajosa". Esses apelidos seriam justificados pela vida e principalmente pelas escolhas, pelas posturas e pelas atitudes que ela teve durante seus 89 anos de vida.

Chiquinha viveu em um período cheio de acontecimentos importantes na história brasileira e participou efetivamente de muitos deles. Viu de perto a Guerra do Paraguai, lutou pelo fim da escravidão e pela proclamação da República, além de participar ativamente do cenário artístico da capital carioca. Começou muito cedo a trabalhar, lecionando violão e integrando grupos com os principais músicos da época. Foi amiga admirada de vários, mas principalmente de Joaquim Callado, que é considerado o "pai do choro".

Compôs vários gêneros musicais da época, como maxixes, valsas, lundus e polcas, e também trabalhou musicando peças e operetas de sucesso.

Pioneira, foi a primeira mulher a reger uma orquestra no Brasil e a primeira a compor músicas para operetas populares. Foi em 1899 que fez a primeira marcha de carnaval brasileira: "Ô abre alas".

Com coragem enfrentou uma sociedade e um meio musical repleto de preconceitos e barreiras. Promoveu um concerto para cem violões – e vale lembrar que o violão era considerado por muitos um instrumento vulgar. Muitas vezes, em suas apresentações, usava vestidos que ela própria fazia!

Às vésperas da Lei Áurea, comprou a alforria de um escravo chamado Zé da Flauta. Sua música "Corta-jaca" foi tocada ao violão, no palácio do Catete, pela primeira-dama Nair de Teffé, o que escandalizou conservadores e oposicionistas ao governo do presidente Hermes da Fonseca.

Em 1917, fundou, com a colaboração de outras pessoas, a Sociedade Brasileira de Autores Teatrais, para defender os direitos de seus filiados. Essa foi outra importante contribuição de Chiquinha.

Desfrutando de sucesso internacional, fez várias viagens pela Europa e apresentou-se em vários países. Ela se manteve ativa e produtiva ao longo de toda a vida e entrou para a história brasileira como uma grande compositora e personagem, misturando talento, pioneirismo e coragem.

Marco Prado, professor de história, guitarrista e pai da Maria Fernanda, que também adora ler.

Quem é Duda Oliva?

Criador de histórias e apaixonado por natureza, folclore e chás, Duda Oliva é um ilustrador paulista inspirado pelas imagens do mundo e pelas narrativas dos livros. Biólogo e poeta amador na infância, cria ilustrações que se equilibram entre o realismo fantástico, o ativismo ecológico e a poesia escondida nos momentos cotidianos.

Ô abre alas é seu livro de estreia e uma tentativa de trazer de volta música a lugares cinzentos.

Esta obra foi composta em Crimson Text e em MostraNuova
e impressa pela ColorSystem em offset sobre
papel offset 150 g/m²
para a Saíra Editorial
em janeiro de 2021